Missed
Connections

First published in the United States as MISSED CONNECTIONS: Love, Lost & Found

Copyright © 2011 by Sophie Blackall

All rights reserved.

This Korean edition was published by Book21 Publishing Group in 2017
by arrangement with Workman Publishing Company, Inc.,
New York through KCC(Korea Copyright Center Inc.), Seoul.

이 책은 (주)한국저작권센터(KCC)를 통한 저작권자와의 독점계약으로 북이십일에서 출간되었습니다.
저작권법에 의해 한국 내에서 보호를 받는 저작물이므로 무단전재와 복제를 금합니다.

Art direction by Janet Vicario
Design by Ariana Abud

그때
말할걸
그랬어

소피 블래콜 글·그림

최세희 옮김

arte

열일곱 살이었던 그해, 찌는 듯 더웠던 8월의 그날, 나는 터키의 그늘 한 점 없는 변두리 동네 교차로에 서 있었다. 함께 유럽을 여행했던 한 무리의 배낭여행자들은 더 화끈한 나라를 찾아 하나둘씩 떨어져 나갔고, 터키에 도착했을 땐 영국에서 온 소녀와 나 둘만 남았다. 코딱지만 한 옷장을 나눠 쓰느라 옷이 다 구겨지는 것 때문에, 상대의 짜증 나는 습관 때문에 넌더리를 낸 우리는 맙소사, 터키 교차로까지 운명을 함께한 터였다.

아지랑이를 뚫고 픽업트럭 한 대가 덜컹거리며 다가왔다. 짐칸엔 대여섯 명의 청년들이 웃통을 벗은 채 늘어져 있었다. 그중에 놀랄 정도로 새파랗고 아름다운 눈동자를 가진 남자가 날 똑바로 응시했다. 질세라 쳐다본 순간, 나는 세상에서 가장 아름다운 남자와 마주하고 있었다. 시간이 끽 소리를 내며 멈췄고 나는 어느새 슬로모션으로 훌쩍 날아올라 트럭 뒤칸에 착지하는 나의 모습을 상상하고 있었다. 그의 옆에 사뿐히 내려서는 그가 내민 손을 붙잡으리라. 함께 그가 사는 산동네로 가리라. 눈부시게 아름다운 옛터에 누워 낮게 드리워진 가지에서 무화과를 따선 서로에게 먹여주리라. 그 짧은 순간 빳빳하고 새하얀 드레스(당시 내 환상에서 깨끗한 옷은 대단히 중요했다)를 입은 나의 모습까지 그려봤건만, 야속한 트럭은 그대로 떠나버렸다. 이루어질 수도 있었을 내 필생의 연인은 먼 지구름 속에서 다리를 건들거리며 살짝 손을 흔드는 것으로 영영 이별을 고하고 말았다.

나는 터키어를 못했다. 짐작이지만 그는 영어를 못했을 것이다. 그가 가는 곳은커녕 그의 이름조차 난 알지 못했다. 핸드폰도 없었다. 인터넷은 존재하지 않았던 시절이다. 연락을 취하려면 유스호스텔마다 메시지를 남기는 것뿐이었지만, 차라리 오솔길에 빵을 조금씩 뜯어 뿌리는 편이 나았을 것이다. 어느 쪽도 시도하지 않았지만, 그는 내 마음에 남았다. 우리가 낳을 아이도 눈이 파랄지, 그도 날 생각할지 궁금했다. 하지만 열일곱 살이었던 내가 그 생각에만 매달려 살았을 리 없다. 터키 청년과의 환상 속 로맨스는 얼마 가지 못했고 나는 인생의 다음번 페이지를 넘겼다. 온 세상이 날 기다리고 있었으니까.

'놓친 인연(Missed Connection)'에 대해선 다들 알고 있을 것이다. 좀 더 능청스럽게, 좀 더 용기를 내서, 앞뒤 재지 말고 그냥 말할걸 왜 못 했나, 가슴 치며 후회할 사람들의 소통구 말이다. 지금 이 순간 샌프란시스코에서 거리의 쓰레기를 피해 길을 돌아가던 정장 차림의 두 남자가 서로에게서 눈을 떼지 못하고 있다. 뉴욕 헬스 키친에서 배달 일을 하는 남자는 분홍 스카프를 두른 흑인 여성이 들어갈 때 문을 열어주지 않은 걸 후회하고 있다. 아이오와의 시더 래피즈의 교차로에 나란히 정차하면서 서로 눈이 마주친 남녀는 어쩐지 서로 끌리는 것 같다. 둘 다 차창을 내리고 상대에게 인사말을 건네는 걸 상상해본다. 그 길에서 근처 카페에서 커피를 마시자고 말하는 걸 상상한다. 첫 키스를 상상하면서 상대가 침대의 오른편과 왼편 중 어디를 더 좋아하는지 궁금해진다. 신호등이 바뀌고 그들은 차를 몰아 각자 다른 방향으로 간다. (이들의 상상은 물론 내 추측에 지나지 않는다. 난 그들 누구와도 안면이 없다. 그 여자는 사실 점심 메뉴를 생각하며 멍하니 허공을 바라보고 있었는지도 모른다. 마찬가지로 그때의 터키 청년도 내게 손을 흔든 게 아니라 각다귀를 손으로 쳐서 잡은 건지도 모른다.)

오늘 하루 동안에도 한눈에 사랑에 빠진 그들과 다른 수천 명이 '놓친 인연'에 사연을 인터넷에 올릴지도 모른다.

올드 매리언 로드의 모퉁이 42번가에서 방금 밝은 파란색 픽업을 탄 당신을 봤어요. 난 밤색 올즈를 타고 있었고요. 우린 눈이 마주쳤죠. 당신이 내 운명의 사랑이 아닐까 싶어요. 당신이 이 글을 읽을 거 같진 않지만, 읽는다면 커피 한잔 사고 싶어요.

이런 메시지를 상대가 읽을 확률은 유리병 속 편지나 엠파이어스테이트 빌딩에서 사연을 적은 종이를 종이비행기로 접어 날렸을 때 받아볼 확률과 별반 차이가 없을 것이다. 그래도 오솔길에 빵부스러기를 흘리는 것보다는 나을 것이다.

• • • • •

올해 나는 '놓친 인연'에 글을 올린 후 행복하게 맺어진 커플들에게서 27통의 이메일을 받았다. 사진을 보낸 커플들도 있었다. 여섯 커플은 내게 청첩장에 삽화를 그려달라는 부탁을 하기도 했다. (여러분도 물을 것 같은데) 도대체 내가 어쩌다 사랑의 권위자가 된 거지?

사연인즉 이렇다.

일러스트레이터(잠깐, 내가 일러스트레이터라는 말은 했나?)는 세상에서 제일 근사한 직업이다. 일러스트레이터가 되면 멧돼지를 그려도 되고 로켓선을 그려도 되고 페티코트와 작살을 그려도 된다. 일러스트레이터가 되면 일하는 시간을 스스로 정할 수 있고 (24시간을 다 바쳐도 모자랄 때가 태반이지만 그래도 자기가 시간을 정할 수 있다…라고 스스로를 위로할 수 있다.) 다른 사람 눈을 의식하지 않고 입고 싶은 옷을 입을 수 있고(오늘 난 공작 깃털이 달린 망토를 두르고 있다), 종결부에 휘파람 소리만 나오는 음악만 들어도(취향을 타는 음악 스타일을 말하는 거다), 아이라 글래스•에게 말대꾸해도 뭐라 할 사람이 없다. 하루 종일 인터넷 서핑만 한 주제에 자료 조사한 거라고 우겨도 된다.

이런 고립은 생산성을 높여준다. 동시에 색채를 배합하는 감각이 무뎌지고, 블로그에 중독되고, 아이라를 절친으로 여기는 상태가 될 수도 있다.

그래서 일주일에 한 번은 무슨 일이 있어도 브루클린의 창문 하나 없어 감방 같은 내 작업실을 나서는 걸 철칙으로 삼고 있는데, 주로 편집자를 만나거나 깃털을 사거나 메트로폴리탄 미술관에 가서 갑주를 보거나 로워이스트사이드에 가서 타

• 　미국 라디오 쇼 진행자.

투 카탈로그를 보는 걸로 소일한다.

어느 날 발 디딜 틈도 없는 전철 칸에 공작 깃털 한 부셸과 가리비 1파운드를 들고 몸을 욱여넣다시피 탔을 때였다. 잘생긴 한 남자가 내 옆으로 밀고 들어왔고, 우린 서로 사과했다. 잠시 후 그가 전철에서 내리나 싶더니 창문 앞으로 와선 입만 움직여 단어 두 개를 말했다. 난 옆의 여자를 돌아보았다.

"뭐라는 거죠?" 내가 물었다.

"놓친 인연(Missed Connections)." 그녀가 말했다.

무슨 말인지 전혀 못 알아들었지만 난 티 내고 싶지 않은 마음에 그 말을 속으로 외워두었다.

집에 돌아와 가리비와 깃털을 내려놓기 무섭게 컴퓨터 앞으로 달려간 나는 '놓친 인연'을 검색했다. (난 정말 산만해서 그렇게 하지 않으면 다 잊어버린다.)

처음 읽은 사연은 이랬다.

당신은 기타를 들고 있었고, 난 파란색 모자를 쓰고 있었어요.
-M4W●● -28
지하철 플랫폼에서 우린 눈이 마주쳤고 미소를 지었어요.
난 《뉴요커》지를 읽는 척했지만, 눈에 하나도 들어오지 않았어요.
당신은 Q선을 탔고, 난 남아서 B선을 기다렸어요. 당신은 정말 멋졌어요.

불과 8초 만에 나는 사랑, 상실, 후회의 감정을 모두 맛보았다. 심호흡을 하고 다음 게시물을 읽었다.

그리고 다음 게시물을 읽었다.

또 다음번 게시물을.

이번 사연은 우울해서 다 읽기도 전에 마음이 찢어질 것 같았다. 가리비는 실온

●● man for woman, 여자를 찾는 남자 사연.

상태로 방치돼 있었고, 나는 머리가 터질 것 같았다. (사연들에 마음이 들뜬 나머지 전철에서 마주친 잘생긴 남자는 영영 잊고 말았다. 그가 메시지를 남겼을지 어떨지는 전혀 알지 못했다.)

정해진 기한 안에 그려야 할 소재부터 모아야 할 이야기까지 너무 많았다. 깃털과 갑옷, 가리비와 선원의 문신 중 하나만 고르기가 어려웠다. 나는 이삭을 줍듯 소재를 찾아 늘 혈안이 되어 있다. 일단 손으로 직접 쓴 것, 꼬깃꼬깃해진 건 닥치는 대로 주워둔다. 버스를 타고 갈 때면 부끄러운 줄도 모르고 남 얘기를 엿듣는다. 옛날 사진들을 모으고 벼룩시장에서 빛바랜 전보들을 훑어본다. 개중 좋은 소재가 걸리면 한두 개의 멋진 작품이 탄생할 수 있기 때문이다… 그래서 어쩌라고? (전보의 내용들은 대개 실망스럽다. 죄다 옷가지를 보내는 것 아니면 '빨리 와 빈이 아픔 마침표'란 식이니까.)

잠깐 가리비 상태 좀 봐야겠다. 저렇게 내팽개쳐둔 게 몇 시간이나 된 거지? 아무래도 우리 고양이가 몇 개 핥은 것 같은데? 스멀스멀 죄책감이 밀려든다. 마감이 코앞인데 이베이를 서핑하거나 평생 볼 일 없을 당나귀의 사육자 웹사이트에서 노닥거린 것과 별반 다르지 않다. 문득 '황금률'이 떠올랐다. "하고 싶은 게 있다면 그걸 '일'로 만들 방법을 모색하라."

나는 '놓친 인연'의 사연을 읽는 게 좋았다. 그래서 그걸 그림으로 그려보자고 마음먹었다. 그 메시지들을 내 블로그에 모아두면 (그때까지도 블로그를 관리하는 방법조차 알지 못한 주제에) 멋지단 생각에 머릿속에 집어넣고 잊어버린 소재들과 뒤섞일 위험 없이 하나하나 끄집어낼 수 있을 것이다. 그에 비하면 가리비가 상한 것쯤이야.

꼬깃꼬깃한 쪽지와 달리 '놓친 인연'은 내용도 가지각색이었다. 메시지들을 다 읽기도 전에 다른 메시지들이 속속 올라왔기 때문에 새로운 소재를 찾으러 책상을 떠날 필요도 없었다.

16번가 '뉴스쿨' 건물 10층에서 좀 전에 검은 스카프를 떨어뜨린 분.
정말 귀여운 분이셨어요. 내가 큰소리로 불렀는데도 뒤도 안 돌아보더군요.

내가 통로에서 문자를 치고 있는 이 순간에도 스카프는 그 자리에 놓여 있네요.

내가 갖고 있을까요?

나는 노다지를 찾아낸 것이었다. 낄낄대며 금화를 허공에 뿌려대는 동화 속 해적이 된 기분이었다. 그러나 이내 이 메시지들이 시한부임을 알게 되었다. 메시지는 게시된 지 1주일이 지나면 '크레이그리스트'•로 옮겨졌다. 그러곤 영영 사라져버렸다. 겁을 먹은 나는 미친 듯 게시물들을 모으고 아카이브를 만들었다. 온갖 고생 끝에 간신히 블로그를 개설했다. (우리 할머니도 블로그 만들 줄 아시는데!) 기타와 파란색 모자를 그렸다. 그 와중에도 계속 게시물을 모았고, 계속 그림을 그렸으며 포스팅을 하고 또 모았다.

이 작업에 대해선 누구에게도 말하지 않았다. 기한 내에 넘겨야 할 그림이 한두 장이 아닌데 다른 그림으로 외도하는 건 안 될 말이었기 때문이다. 꼭 체육관에 등록하는 기분이었다. (얼마간 꾸준히 다닌 다음에 동네방네 소문을 내야지, 안 그랬다간 떠벌리고 다닌 모든 사람들이 잊을 때까지 숨어 지내야 할 수 있으니까.) 이런 걸 책으로 낸다고 누가 읽을까 하는 생각도 들었다. (체육관은 어디까지나 비유일 뿐, 난 체육관은 근처에도 안 가는 사람이다.)

그런데 이상한 일이 일어났다. 사람들이 댓글을 달기 시작한 것이다. 그것도 게시물을 올린 첫날, 이런 메시지가 떴다.

CIAO!!!

bello il tuo blog complimenti…

Auguro di una felice primavera e un salute…

Dall'ITALIA LINA

(안녕하세요!! 정말 아름다운 블로그네요…

행복한 봄날을 보내시고 건강하세요… 이탈리아에서 리나)

• 판매를 위한 개인 광고를 비롯해 토론 공간을 제공하는 안내 광고 웹사이트.

무슨 말인지 알 수 없었지만 좋은 말 같았다.

그 후, 잇달아 댓글들이 달리기 시작했다. 날 '팔로'하거나 내 그림을 자기 블로그에 옮긴 후 글을 써도 되느냐는 문의를 하는 사람들이 생겨났다. 그리스, 사우디아라비아, 네덜란드, 뉴질랜드, 홍콩에서 이메일들이 날아왔다. 잡지사에서 인터뷰를 요청해왔다. 《뉴욕타임스》의 전화를 받았다. 그리고 내 블로그를 자주 찾던 사람들이 자기가 놓친 인연을 찾아 달라는 편지를 내게 보내왔다. 내 일러스트를 보며 즐거운 시간을 보냈고, 그전까진 엄두도 못 냈었는데 덕분에 용기를 낼 수 있게 되었다고, 결혼생활의 활력소가 되었다고 털어놓았다. 내 덕에 희망을 얻을 수 있었다고 했다. 처음 만난 사람과도 다정하고 친근한 감정을 나눌 수 있다는 희망, 그를 통해 사랑을 찾을 수 있다는 희망. 소통할 수 있다는 희망을. '놓친 인연'에 글을 써서 올리며 갖는 희망이 실낱같을지언정, '당신이 이 메시지를 읽을 것 같진 않지만' '혹시나 하는 마음'에 지나지 않을지언정, 메시지마다 15와트의 희미한 희망 전구가 달려 있다.

열화와 같은 반응을 얻게 되면서 '놓친 인연'을 휴 그랜트 영화 못지않게 매력적이고, 페이스북만큼 중독적(친했던 적도 없는 고등학교 동창의 '베이비샤워' 사진들을 몇 분째 들여다보는 이유를 달리 설명할 수 있을까)이라고 생각하는 게 나만 있는 건 아님을 깨닫게 되었다. 내 나름 '놓친 인연'에 매혹된 이유는 있었지만 남들도 그럴까 하는 의문이 있었던 것이다. 관음증, 대리 로맨스, 불안한 마음, 이미지들. '놓친 인연'의 메시지들을 모으면서 그곳 독자들뿐만 아니라 메시지를 올리는 사람들에 대해 점점 더 많은 생각을 하게 되었다. 처음에 일러스트의 소재가 된 메시지들을 올린 익명의 사람들에게 메일을 보낸 이유도 그래서였다. 이를테면 사용 허가 청탁서인 셈이었고, 또 그들이 스스로를 객관화해볼 기회를 주겠다는 심산이었지만, 메시지를 보낸 후 정말로 회신을 받은 적이 있는지, 용기를 내서 메시지를 올린 게 처음인지 아니면 주기적으로 올린 건지 알고 싶은 마음도 있었다. 못해도 스무 통의 이메일을 보냈지만, 답장을 보내준 건 달랑 한 명이었다. 존이라는 남자로부터였다.

"정말로 답장을 받을 거란 기대는 없어요. 어디까지나 나 자신을 위해 썼던 것 같아요."

'놓친 인연'을 더 이해하고 싶었던 걸까, 나는 어느새 메시지들을 종류별로 분류하기 시작했다. 메시지마다 장소, 시간, 찾는 대상에 대한 간략한 묘사, 마지막으로 다가가 말을 걸지 않은 것에 대한 후회가 담겨 있었다.

당신은 어제 아침 열 시 삼십 분에 두칸에 있었어요.
자주색 표지의 책을 읽고 있었는데 혹시 『채털리 부인의 연인』 아닌가요?
아름다운 눈. 붉은빛이 도는 머리칼의 당신에게 난 왜 말을 걸지 않았던 건지.

지인에게 메시지를 보내는 사람도 있긴 했다. 관행을 벗어나는 경우라고 할 수 있었지만, 이루어지기 힘든 관계라는 점에선 매한가지였다.

당신은 내 치료사예요…

이처럼 윤리적인 이유 때문에 맺어질 수 없다거나

가끔 그리워… 너와 함께 했던 시간이…

이미 끝난 관계라는 점에서. 아니면

앙리 마티스의 딸, 마르그리트에게
과거든 현재든 당신은 내게 세상에서 가장 아름다운 사람입니다.

이렇게 유명인이거나 고인이거나, 둘 다인 경우도 있었다.
흔치 않은 이유로 우주를 향해 던져진 메시지들도 간혹 있었다.

친구가 오랜 옛사랑을 찾고 있는 중입니다. 내 친구는 이십 대 때 지독한 교통사고로 한 손을 쓸 수 없게 되었습니다. 40년 전쯤, 그는 '입이 떡 벌어지게 아름다운' 유대인 여성과 살았고, 아들 하나를 두었습니다. 그와 그녀의 사랑은 깊었으나 파리적이었고, 그는 결국 떠날 수밖에 없었다고 말합니다. 그러나 그 후로도 그녀를, 아들을 잊은 적은 한 번도 없다고 합니다. 난 친구에게 반드시 그녀를, 안 되면 아들이라도 반드시 찾아주겠다는 약속을 했습니다. 그들이 그를 만나고 싶지 않을지도 모르겠습니다. 압니다. 하지만 그는 내게 아버지에 가까운 존재입니다. 그의 친구라는 사실이 자랑스럽습니다. 그런 사실을 알게 된 지금도 그를 알게 된 것에 감사하고 있습니다.

아니면 다음처럼 의도가 모호한 경우도 있다.

014

여기서 매일 구인광고들을 읽어요. 하지만 누구에게도, 어떤 것도 바라진 않아요. 물질적으로 말이죠. 그렇다고 성적인 뉘앙스를 풍기려는 의도도 전혀 없어요. 여기 메시지들을 읽는 사람들은 나처럼 찾는 게 있어서 오는 거겠죠. 여러분이 찾는 사람들 중에 내가 있을 것 같진 않지만, 어쨌거나 꼭 찾으시길 진심으로 바랍니다. 희망을 잃지 않기를 진심으로 바랍니다.

몇 안 되지만 체제를 교란하려는 사람들도 있다.

'놓친 인연'을 통해 끌내주는 여자와 만나고 싶은가요? 그렇다면 토요일, 오후 세 시 삼십 분, 8번가라 9번가 사잇길 동쪽 편 1번가에서 남쪽으로 걸어가보세요. 맞은편에 내가 있으니까.

우연한 만남 이후 곧바로 올라온 메시지도 있다.

좀 전에 업타운 C에서 당신과 눈이 마주쳤어요. 난 23번가에서 내렸고 지금 계단 맨 위에 서서 오들오들 떨고 있어요. 전철에서 내리지 말걸, 당신에게 말을 걸어볼걸, 용기 내지 못한 나 자신을 원망하면서.

수십 년이 지나서 메시지를 올린 사람도 있다.

1954년 픽스킬에서 살았던 엘시라는 여성을 찾습니다. 몇 년 전에 결혼을 했을 것 같은데, 사실이라면 성이 바뀌어 있겠죠. 지금 이 사연을 읽고 있는 누군가의 어머니이거나 할머니, 아니면 친한 친구일 수도 있고요. 옛날에 내가 한국에 머물던 때 내게 보내준 편지를 아직도 잊지 못하겠어요. 그녀의 편지 덕에 나는 한국에서도 고향을 생각할 수 있었습니다…

이외에도 분노에 찬 사연, 추잡한 사연, 외로움이 묻어나는 사연, 술에 취해 쓴 사연, 명백한 거짓 사연 등이 있다. 가령, 훔친 지갑의 주인인 여성의 근사한 몸매에 반해 찬사를 보낸 소매치기의 사연을 읽은 적이 있다. 이렇게 꾸며낸 것 같은 시나리오부터 도무지 말도 안 되는 사연까지, 읽다 보면 창의적 글쓰기 훈련의 일환인가 하는 생각을 떨치기 힘들 때도 있다. 그런 사연들에 구미가 당기는 것도 사실이지만 그림까지 그리고 싶진 않다. 그보다는 사소하지만 남다른 데가 있는 단순한 사연들을 그려보고 싶다. 오래도록 마음에 남는 문학적인 사연, 철자를 잘못 쓰는 바람에 의도와 무관하게 웃음이 터지는 사연, 다정하고 더없이 감동적인 사연들. 물론 그런 것도 처음부터 끝까지 꾸며낸 사연일 수도 있다. 하지만 나는 마음에 와닿아서 그려보고 싶은 것들만 골랐다.

·　·　·　·　·　·

'놓친 인연'을 늘 읽는 나 같은 독자라면, 내심 언젠가는 우연히 마주친 누군가의 갈망의 대상이 되길 얼마간 바랄 것이다. 실로, 나뿐만 아니라 많은 사람들이 그런 이유로 '놓친 인연'을 찾을 것이다.

오늘 오후 4시 45분쯤, 렉스에서 퀸스행 V전철을 타고 가는데 갑자기 당신이 눈에 들어왔어요. 당신은 긴 부츠를 신고 검정 가죽 재킷에 파란색 셔츠를 걸치고 있었어요. 우린 둘 다 음악을 듣고 있었고. 당신이 계속해서 날 흘끗흘끗 쳐다보는 것 같았어요. 물론, 내 쪽에서 당신을 뚫어져라 쳐다보니까 당신도 쳐다볼 수밖에 없었고, 그렇게 눈이 마주쳤을 가능성이 더 크겠죠. 결국 당신이 먼저 내렸지만, 난 내리지 않았어요. 후회돼요. 젠장,

그냥 탁 털어놓고 말할걸. 당신 같은 멋진 사람을 놓치다니. 당신 같은 멋진 사람이 이 메시지를 찾아 읽을 리 없겠죠, 젠장.

장담하는데 이 사연을 읽은 열에 아홉은 부지불식간에 자기를 대입해봤을 것이다. 앗, 나 V전철 자주 타는데? 파란색 셔츠도 있고! 내 부츠도 그 정도 길이면 긴 편이고. 젠장, 검정 가죽 재킷이 없잖아.

젠장.

이게 어디 반려자가 절실해서일까. (난 지금 내 인간관계에 만족하거든요? 어쩌고저쩌고. 그런데다 대개의 메시지가 35세 '미만'을 상대로 하는데, 난 얼마 전 마흔 줄에 접어들었단 말이다. 잔혹해라.) 그래도 자기도 모르는 사이에 누군가에게 매력적으로 비쳤다는 게 싫을 이유는 없지 않을까?

다른 사람에게 관심이 많다는 것, 그래서 사소한 디테일도 놓치지 않는다는 건 '놓친 인연'에서 얻는 또 다른 즐거움이다. ('사이가 벌어진 귀여운 이' '한쪽 뺨에 멍 자국이 있더군요.' '신발 끈이 풀어져 있었어요.' '종이비행기를 서표로 쓰고 있었죠.') 이런 한없이 다정한 사연들에선 인간미가 물씬 풍겨난다.

．．．．．．

'놓친 인연'이 이렇게까지 인기 있는 건 현대의 소통 방식(테크놀로지! 인터넷!)과 무관치 않을 것이다. 테크놀로지가 사회적 교류에 방해가 된다는 주장도 있지 않나? (왜 사람들은 대화를 나누지 않게 되었나?) 그렇지만 '놓친 인연'은 자체로 새로운 건 아니다. 수세기 동안 사랑에 가슴이 멍든 사람들은 사랑의 말을 나무 밑동에 칼로 새기고 유리병 속에 집어넣어 바다에 던졌다. 1862년, 1월 19일자 《뉴욕 타임스》에 실린 기사를 보자.

금요일 저녁 다섯 시경, 나는 롱아일랜드의 윌리엄스버그 1번가와 2번가 사이의 사우스세븐스 가를 지나던 중 한 젊은 숙녀분을 보게 되었습니다. 분홍색 드레스, 얼룩무늬 모피 케이프와 토시 차림에 밝은색 머리칼, 화사한 안색, 파란 눈동자의 그분은 검은 드레스 차림의 다른 숙녀와 함께 있었습니다. 윌리엄스버그 우체국에서 왈도란 사람에게 편지를 보내주신다면, 훌륭한 청년과 친구가 되실 겁니다.

1862년에 자기를 제대로 소개하지도 않고 젊은 여성에게 접근하려는 건, 왈도가 아무리 훌륭한 청년이라 해도 무분별하게 여겨졌을 것이다. 지금이라면 그렇게까지 무서워할 건 아니지만, 그럼에도, 보이지 않는 장막이 우리 사이를 갈라놓는다. 새벽 세 시 LA발 야간비행기 안에서 내 다리와 옆 사람의 다리가 맞닿았을 때, 초면이라는 장막을 거침없이 찢고서 그 매혹적인 다리의 주인공에게 "안녕하세요."라고 말하는 건 쉬운 일이 아니다.

행여 의도가 수상하거나 처지가 절박한 사람으로 비칠 수 있으니까. 아니면 시간이 없어서 침실 바닥에 널려 있던 옷을 대충 걸치고 나오는 바람에 '노포포● 따윈 꺼져버려!'란 글귀가 적힌 티셔츠를 입고 있는 게 마음에 걸려서일 수도 있다. 아니면 당신이 연인으로 점찍은 그 사람 옆의 동행이 친구 이상의 사이면 어쩌나 싶어서일 수도 있다. (동행이 그 사람과 동성이라고 해도 안심할 수 있는 건 아니잖나!) 아니면 단순히 그럴 시간이 없거나. (그 반대로 시간이 너무 남아돌거나.)

오늘 타상가에서 우리의 눈이 마주쳤을 때 참 짜릿했어요. 난 기발하고도 흠잡을 데 없는 계획을 짰답니다. 당신에게 펜을 빌려달라서 그 펜으로 내 전화번호를 적어 건네주겠다는 계획이었죠. 정작 실행에 옮길 용기가 나지 않았을 뿐. 내가 내려야 할 정거장은 가까워오고 기회는 그때뿐이었어요. 난 자리에서 일어나 당신에게 갔어요. 이런, 당신의 대답은 펜이 없다는 거였어요. 좋아, 그럼 플랜 B. 정작 플랜 B 같은 건 없었어요. 어쩔 수 없이 플랜 C로 건너뛰었죠, 뭐. 훗날 내가 '채플린'이라고 이름 붙이게 될 이 플랜 C는 멍하니 서서 내가 내릴 정거장이 올 때까지 벙어리 냉가슴만 앓는 거였답니다. W4에서 14번가까지 얼마나 오래 걸리는지

───────────

● 운전 시 습관적으로 경적을 울리는 버릇을 고칠 수 있도록 고안된 어플의 일종.

아는 분 혹시 있나요? 한세월은 결린다고요.

고백은커녕 벙어리 냉가슴을 앓았던 찰리 채플린에게 위로의 말을 건넨다. 하지만 찰리 채플린이 어디 그 사람만일까. 아니, 그 상황은 그 사람만 겪는 게 아니다.

러시아워 때 뉴요커들이 타는 지하철에 있노라면 마치 현미경으로 호숫물 한 방울을 관찰하는 기분이다. 렌즈 밑에서 별의별 활동이 다 펼쳐진다. 승객들은 각자의 사정에 골몰해 있어서 다른 사람과 마주 보는 걸 탐탁지 않아 하지만, 가만히 앉아 데이비드 애튼버러●의 방송을 보는 기분으로 관찰하노라면 재빨리 오가는 시선, 남몰래 짓는 미소, 꿀 먹은 벙어리의 심정, 획획 바뀌는 생각들이 눈에 훤히 보인다. 아, 꿀 먹은 벙어리의 심정과 획획 날아다니는 생각은 눈에 보이진 않겠지만, 분명히 느낄 수 있다. 어디 지하철뿐이겠는가. 길모퉁이에서, 카페에서, 개를 산책시키는 길가에서, 미용실에서, 체육관에서, 식료품점에서, 옥상에서, 엘리베이터에서, 심지어는 응급실에서도 우린 인간다운 접촉을 기대한다. 당연하지만 뉴욕만 그런 게 아니다. 터키의 어느 교차로에서도, 아이오와 시더 래피즈에서도 마찬가지일 것이다. 고속도로에서도, 국립공원에서도, 공항에서도, 사람들이 서로 마주치는 곳 어디나 다 마찬가지일 것이다. 그리고 두 사람이 우연히 마주칠 때마다 사랑과 상실과 후회, 마지막이자 가장 중요한 것, 바로 희망이라는 친숙하고도 어마어마한 주제의 소소한 이야기들이 탄생한다. 그 희망은 부질없지만, 그럼에도 뿌리칠 수 없을 만큼 강렬하다. 그런 이유로 우린 모두 그 남자가 그 여자와 이루어질지 궁금해하는 것이리라. (그나저나 '놓친 인연'에 올라오는 메시지의 70퍼센트가 남자, 30퍼센트가 여자다.)

이쯤해서 고백할 게 있다.

● 영국의 동물학자이자 방송인으로 오십 년이 넘도록 다큐멘터리 영화 및 TV, 현재는 인터넷 다큐멘터리의 해설을 맡아오고 있다.

사실 난 그들의 결말을 알고 싶지 않다. 누구 못지않게 해피엔딩을 좋아하면서 또 알쏭달쏭하고 불확실한 상황 속에서 가능성을 꿈꿀 때의 그 짜릿한 전류를 좋아하기 때문이다.

그래서 최고의 러브스토리는 첫 키스와 동시에 막을 내리기 마련이다. 제인 오스틴은 가히 이 분야의 최고였다. 러브스토리는 처음부터 끝까지 '밀당' 아닌가. 결혼을 축하하는 교회 종소리가 잦아든 후, 엘리자베스와 다시●●가 어떻게 살았는지 궁금한 독자는 많지 않을 것이다. 유리구두를 다시 찾은 신데렐라와 왕자의 이야기도 마찬가지고.

첫눈에 반한 사랑은 눈에 보일 정도로 도드라진다. 그런 사람의 귀에 다른 사람의 말이 들릴 리 없다. 여기에도 주목할 만한 사실이 있다. 우린 숭숭 뚫린 사랑의 구멍을 채우고 우리 나름의 특별한 장밋빛 이상향을 만들어낼 수 있다. 사람들이 북적대는 방 건너편에서 불현듯 당신의 천사가 눈에 들어왔는데 그녀의 오만한 엄마의 눈치를 볼 필요가 있을까. 아침의 나루터에 당신이 꿈꾸던 보트가 둥둥 떠 있는데, 툭하면 당신 생일을 까먹는 그의 태도에 의심을 품을 일인가. 정보가 부족할수록 창의력은 꽃피우기 마련. 온라인 데이트 문화로 잠깐 외도하는 동안 나는 감당하기 힘들 정도로 넘쳐나는 정보에 어안이 벙벙해졌었다. 자랑할 건 못되지만, 첫눈에 반한 사람에게 냉장고에 채워둔 음식이나 침대 옆 테이블에 쌓여 있는 책들을 줄줄이 읊어대는 메시지는 무조건 제쳐버렸다. 역시 말하려니 켕기지만, 생략부호를 잘못 쓴 메시지도 제쳐버렸다.

내가 바보인가? 결국 한 사람과 가깝게 지내고 깊이 사랑하게 될 때 첫눈에 반한 사랑 따위는 나가떨어지기 마련이다. 입에 올리는 것조차 진부하지만 내가 감기에 걸렸을 때 따뜻한 차 한잔을 가져다주는 사람, 비 오는 날 밤 함께 끌어안고 영화를 볼 사람, 내가 도넛 반죽을 치대는 동안 오븐의 전원을 켜줄 사람이 생기는 것이 진짜 멋진 사랑이다. 내가 제대로 서서 속옷 입는 것조차 못하게 될 때 옆에서 입혀줄 사람 말이다. 그런 사람을 일찍 찾아낸 사람도 있겠지만, 안 그런 사람은 두 번째

●● 제인 오스틴의 소설 『오만과 편견』의 두 주인공.

기회에 희망을 걸기 마련이다. 그리고 그런 희망은 아주 오래 지나서, 정말 한세월이 다 지난 후에야 간신히 우릴 찾아올지도 모른다. (이 책 96페이지의 사연을 보고도 가슴이 찢어지지 않는다면, 난 당신의 친구가 되고 싶지 않다.)

인생은 한 번뿐이고, 시간은 쏜살같이 지나간다. 선택을 하고 갈 길을 가는 우리는 중간에 네 갈래 길이 나오더라도 오래 머물지 않는다. 그런 가운데 처음 보는 사람과 교류하는 순간순간은 발을 들이지 않았을 길로 살짝 우회하는 것이지만, 그 순간이야말로 우리가 삶의 활력을, 인간애를 느끼는 때이며, 우리 자신보다 더 중요한 세계의 일부가 되는 순간이다.

흩어진 우릴 하나 되게 하는 그런 순간들.

지금 이 순간 이발소 의자에 앉은 한 남자가 뒷목을 부드럽게 스치는 브러시의 감촉을 음미하고 있다. 그의 눈에 이발사의 두 손은 세상에서 가장 아름다운 피조물이다. 지금 공인중개사인 한 여자가 한 신사에게 아파트를 보여주고 있다. 그녀는 그와 그 아파트로 이사 가는 상상을 한다. 그에겐 책이 많을 거라고, 그녀와 사는 건 그녀의 고양이까지 받아들이는 것임을 이해하는 남자일 거라고 상상한다. 헤드폰을 쓴 소녀가 복도에서 자기처럼 헤드폰을 쓴 소녀와 스친다. 한 소녀가 책들을 떨어뜨리고, 구시렁댄다. 다른 소녀는 뒤돌아 가서 도와줄까, 커피 한잔하자고 말을 해볼까 고민한다. 그러나 야속한 발길은 한 걸음 한 걸음, 마음의 반대 방향으로 갈 뿐이다. 채식주의자인 한 청년이 공원에서 흰색 모피 모자를 쓴 소녀를 보고 사랑에 빠진다. 진짜 모피일까, 아니기를. 그가 이렇게 신경이 쓰이는 건 그 모자 밑 소녀의 얼굴이 짜증나게 귀여워서다. 나는 그들 중 누구건 적시에 말을 건네길 바란다. 하지만 때를 놓치고 나중에 '놓친 인연'에 메시지를 올리길 내심 바란다. 그 덕에 그들이 풀어내는 이야기를 읽은 내가 반짝반짝 떠오르는 심상들을 그려낼 수 있을 테니까.

그중 한 명이 메시지를 올릴 수도 있다. 그리고 만에 하나, 정말로 만에 하나, 다음 날 상대편이 인터넷에서 우연히 그 메시지를 발견하고, 그가 누구인지를 기억해내고선 답신을 하고, 그렇게 그들은 만나 사랑에 빠질 수도 있다. 아니면 말고. 메시지를 올려보긴 해도 누군가 볼 거란 기대는 딱히 하지 않는 사람도 있을 것이다. 자신을 위해 메시지를 올린다는 존처럼. 운명을 거스르기 위해 우주에 말을 거는 사람도 있을 것이다.

하지만 난 메시지를 읽고 영감을 받기 위해 그곳에 간다. 나는 관객이다. 그리고 이제, 이 책을 읽는 여러분도 관객이 되었다.

당신은 기타를 들고 있었고,
난 파란색 모자를 쓰고 있었어요

-M4W -28

지하철 플랫폼에서 우린 눈이 마주쳤고 미소를 지었어요. 난 《뉴요커》지를 읽는 척
했지만, 눈에 하나도 들어오지 않았어요. 당신은 Q선을 탔고, 난 남아서 B선을 기다
렸어요. 당신은 정말 멋졌어요.

Monday, March 9

-m4w -28

You Had a guitar. I Had a blue Hat.

We exchanged glances and smiles on the subway platform. I pretended to read my New Yorker but I couldn't concentrate. You got on the Q and I stayed on to wait for the B. You were lovely.

아파트 빨래방에서
만난 우리

-M4W -26

고개를 들어 볼 일이 거의 없었던 게 한이지만,
그래도 당신이 아름다운 사람이라고 믿어 의심치 않아요.
다시 만날 수 있다면 좋겠네요.

우린 곰 코스튬을
나눠 입은 사이였는데

-M4W

토요일인 그날 저녁 아파트에서 열린 파티에서 당신과 난 곰 코스튬을 나눠 입었어
요. 내가 전화번호를 물었을 때 쪽지에 적어주면서 왜 지역번호는 빼버린 건가요?
당신과 이야기하면서 정말 즐거웠는데… 난 운명을 믿지 않기 때문에 언젠가 엘리
베이터에서 우연히 당신과 마주칠 거란 기대는 안 해요…

당신에게
그 밀크셰이크를 사준 건 난데

-W4M -22 (윌리엄스버그)

당신은 전혀 눈치를 못 채더군요.

Q선에서 본
긴 밤색 곱슬머리

-M4W -36

애틀랜틱 역이었나, 디켈브 역이었나, 손톱에 분홍색 매니큐어를 바른 당신이 Q선
에 탔어요. 순간 당신에게 저녁을 먹자는 말을 하고 싶었어요. 미쳤었나봐요. 숨이
턱 막힐 정도로 아름다운 사람이라는 걸, 정작 당신 자신은 전혀 모르는 것 같더군
요. 내 기억이 맞는다면 당신은 '타임스 스퀘어'에서 갈아탔어요. 난 당신이 걸어 나
가고 문이 닫힐 때까지 줄곧 쳐다보았어요. 혹여 이 메시지를 보고 내게 연락해준다
면 정말 기쁠 거예요. 그날이 우리 인연의 끝이었다면, 잘 지내기를.

LONG CURLY BROWN HAIR ON THE Q

YOU HAD PINK FINGERNAILS AND GOT ON THE Q TRAIN AT ATLANTIC (IF NOT DEKALB). I FELT *AN IRRATIONAL DESIRE* TO INVITE YOU OUT TO DINNER. I FOUND YOU STUNNINGLY BEAUTIFUL BUT

YOU'LL PROBABLY NEVER KNOW. I THINK YOU CHANGED TRAINS AT TIMES SQUARE AND I WATCHED AS YOU STEPPED BETWEEN CLOSING DOORS AND DISAPPEARED.

당신이 탬버린을
그렇게 요란하게 치지만 않았어도

-M4W -19 (업타운 3번 열차)

당신이 탬버린을 그렇게 요란하게 치지만 않았어도 내가 당신을 쳐다보는 일은 없었을 텐데. 당신이 입은 초록색 치마는 진짜 별로였지만, 가죽 재킷은 주인을 제대로 만난 것 같았어요. 당신 왼편에 앉아 있던 매력적인 남자가 나예요.

밸런타인데이

-M4W

오늘 같은 날, 나라면 '특별한' 사람과 하트 모양의 과자 상자를 주고받는 건 안 할 거예요. 이러면 어떨까요? 일단 처음 보는 사람 여섯 명에게 말을 걸어보는 거예요. "안녕하세요." "모자가 멋지네요." 같은 말로 운을 떼보는 거예요. 일단 기분이 좋아진답니다. 그 여섯 사람 역시 외롭지 않은 하루를 보낼지도 모르고요. 또 누가 알아요? 그중 한 명이 내가 될 수도 있고, 나도 당신의 모자가 마음에 들지도 모르죠. 그게 인연이 돼서 당신과 난 커피를 마시러 갔다가 사랑에 빠질지도 몰라요. 그래서 내년쯤 모자 모양의 과자 상자를 주고받게 될 수도 있고요. 내 말은, 해서 손해 볼 건 없다는 거거든요?

F선 코피 사건

오늘 오후 열차가 강 밑을 지날 때 당신이 코피를 흘리기 시작했어요. 당신에게 손수건을 건네준 여자가 나예요. 그럴 때 "미혼이신가요."라고 묻는다면 실례였겠지만, 그때 내 머릿속은 당신이 '코피 터지게' 근사하단 생각뿐이었어요.

길거리에서 마주친 순간
"안녕하세요."라고 말한 당신

-M4M (어퍼웨스트사이드)

어퍼웨스트사이드 70의 거리에서 오늘 밤 열한 시에 당신과 스쳤어요.
당신이 "안녕하세요."라고 말했고 나도 "안녕하세요."라고 답했어요.
그런 후 우린 서로 다른 건물로 들어가고 말았어요.

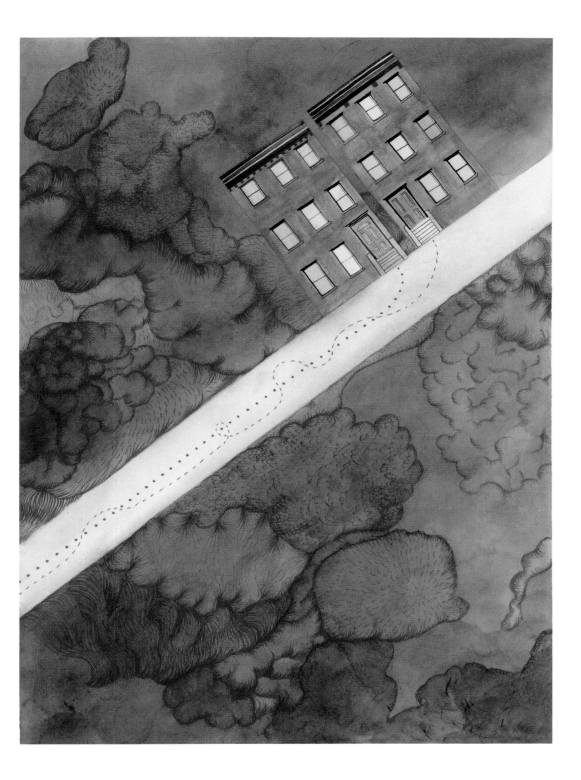

첫눈에 반한 사랑을 믿나요?

-M4W (L열차)

오늘 아침 당신은 전철에서 『캐치-22』•를 읽고 있었어요. 당신처럼 옆모습이 아름다운 사람은 생전 처음 봤어요. "안녕하세요."라고 말을 걸고 싶었지만 그 순간 당신이 고개를 돌려 날 보는 바람에 더는 쳐다보지 못했네요. 그렇게 책에 열중해 있었으니 내가 당신에게 푹 빠진 것도 눈치채지 못했겠죠? 그래도 물어는 보자고 생각했답니다. 혹시 모르니까.

• 조지프 헬러가 1961년에 발표한 소설로 이후 'catch-22'는 '딜레마' '진퇴양난'의 뜻을 가진 보통명사가 되었다.

DO YOU BELIEVE IN
LOVE @ FIRST SIGHT?
— m 4 w (L train)

N선에서 만난
꽃무늬 재킷을 입은 당신

-M4W -26 (유니온 스퀘어)

내가 술 한잔 사고 싶은데요.

– 버펄로 플레이드● 재킷이 여쭤봅니다.

●   빨강과 검정의 큰 체크무늬 모직.

FLORAL PRINT JACKET

ON THE L. -m4w- 26 UNION Sq

CAN I BUY YOU A DRINK?

- BUFFALO PLAID JACKET

매력적인 통행료 징수원

-M4W -35 (외곽교량)

오늘 당신의 달라진 모습을 칭찬했던 사람이에요.

당신이 이 메시지를 봤으면 좋겠네요. 부끄러워서 차마 말 못 했지만, 당신이 있을

땐 8달러가 전혀 아깝지 않아요, 늘 그래요.

HOT TOLL COLLECTOR
—m4w 35 (outerbridge)

I COMPLIMENTED YOU ON YOUR NEW LOOK TODAY. HOPE YOU SEE THIS, I WAS TOO SHY. THE $8 WAS WELL WORTH IT, & ALWAYS IS WHEN YOU'RE THERE.

목발을 한 불사조

-M4M (이스트빌리지)

당신이 다시 걸을 수 있게 될 때까지 등에 업고 다니고 싶어요…

우린 L선에서 만나 짐세와
아프리카에 관한 대화를 나눴어요

-M4W -25 (첼시)

나와 같이 탔던 두 친구가 당신에겐 부정적으로 보였나 봐요.

당신을 다시 만나고 싶어요. 재미있는 분.

참, 크게 부풀린 헤어스타일에… 파란색 재킷을 입은 게 나예요.

WE TALKED ABOUT RENT & AFRICA ON THE L
— m 4 w - 25 - CHELSEA
I WAS WITH TWO FRIENDS WHO YOU CONSIDERED *NEGATIVE*
I WOULD LIKE TO MEET YOU AGAIN, YOU WERE FUNNY.
ALSO I HAVE BIG HAIR ... BLUE JACKET.

혹시 새를 무서워하는 건 아닌가요?

-M4W -20 (윌리엄스버그)

사정은 모르지만, 귀여운 새였는데.

당신도 뉴욕 7번가에 사나요? 같이 봐도 되겠네요.

주근깨와 멍자국

-M4W -23 (L열차)

어쩌다 그렇게 멍이 든 거예요?

나랑 만나면 당신이 털끝 하나 다치는 일이 없도록 할게요.

그때 당신은 책을 읽고 있었고 메모도 하고 있었어요.

나도 책은 읽을 줄 아는데.

퀸즈의 중국 식당

-W4W

주니퍼 공원 근방의 한 중국 식당에서 당신을 만났어요.
당신은 좌종당계●를 주문했고, 우린 잠깐이지만 승마에 관해 대화를 나눴죠.
당신은 귀여웠어요.

● 닭고기를 튀긴 뒤 매콤달콤한 양념을 한 미국식 중화요리.

자연사박물관의 나비떼

-W4M

_____

그 나비 전시회 말고 또 다른 나비•도 있었어요. 알죠? 그렇죠?

〰〰〰〰〰〰〰〰〰〰〰〰〰〰〰〰〰〰〰

• '가슴이 두근거리다' '안절부절못하다'라는 뜻의 'butterflies in the stomach'를 암시하는 것.

BUTTERFLIES @ THE MUSEUM OF NATURAL HISTORY w4m
NOT JUST THOSE ON SHOW, YOU KNOW THAT, RIGHT?

빨간 책, 파란 책

-M4W -31 (F열차, 7번가)

있잖아요. 돌이켜보니 난 아침형 인간이었던 적이 없어요. 이건 약과예요. 지난 주말, 허리 통증이 기승을 떨어대서 오만상을 하고 있었어요. 그러다 오늘 아침 당신(백인 여성, 갈색 머리, 코걸이, 헤드폰, 파란 책)과 내가(백인 남성, 갈색 머리, 파란색 흰색 줄무늬 셔츠, 이어폰, 빨간 책) 눈이 마주쳤을 때, 아무리 짧은 순간이었다 하더라도, 내 마음은 두둥실 떠오르는 것 같았고, 등에 칼이 꽂힌 듯한 아픔도 잊을 수 있었어요. 그전까진 당신을 알아보지 못했지만, 만약 다음에 만나게 된다면 내가 내 뺨을 후려쳐서라도 아침잠에서 깨어나 당신에게 인사해볼게요. 그렇지만 장담은 못 하겠네요.

A열차에서
가스를 방출한 힙스터 아가씨

-M4W (할렘)

기억나요? 업타운 A열차였어요.

부코스키의 『우체국』을 읽던 흑인 남자가 나예요. 당신은 신문의 '예술&여가' 섹션을 읽고 있었죠. 그러다 좀 요란하게 방귀를 끼곤 키득거리더군요? 당신을 또 만나고 싶어요. 당신이 가스를 배출했다고 해서 당신에 대한 내 호감이 줄어들진 않았어요.

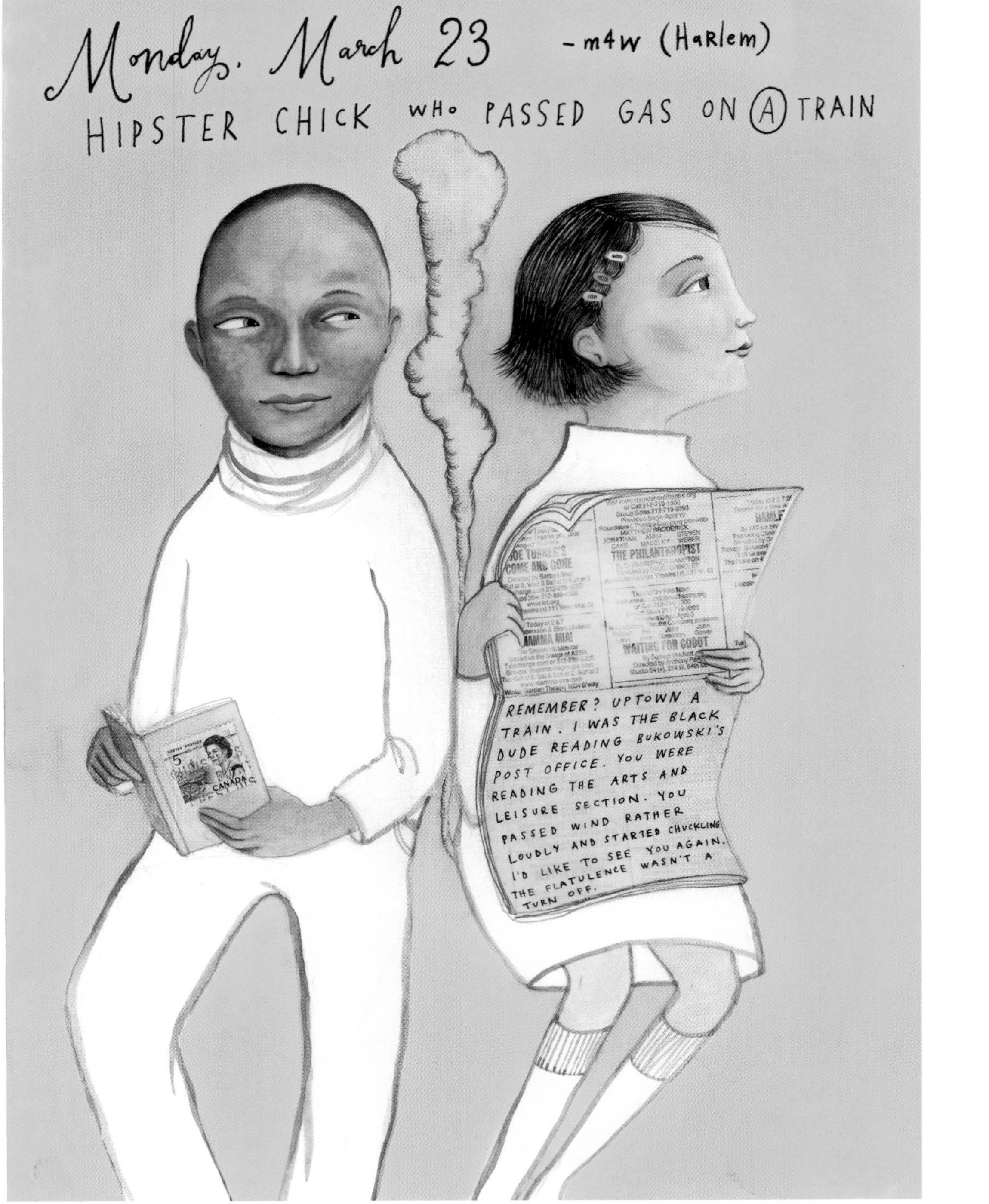
Monday, March 23 -m4w (Harlem)
HIPSTER CHICK WHO PASSED GAS ON Ⓐ TRAIN
CANADA
THE PHILANTHROPIST
MAMMA MIA!
WAITING FOR GODOT
REMEMBER? UPTOWN A TRAIN. I WAS THE BLACK DUDE READING BUKOWSKI'S POST OFFICE. YOU WERE READING THE ARTS AND LEISURE SECTION. YOU PASSED WIND RATHER LOUDLY AND STARTED CHUCKLING. I'D LIKE TO SEE YOU AGAIN. THE FLATULENCE WASN'T A TURN OFF.

그린포인트 빨래방

-M4W -27

나는 성격 좋고 말수 적은 남자입니다. 잠시 후 내가 사는 동네 빨래방에서 누군가와 '놓친 인연'을 맺게 될 예정입니다. 거기서 삼십 분 동안 빨래를 돌리면서, 구석에 앉아 책을 읽을 것 같네요. 내 빨래만 두고 떠나고 싶지 않거든요. 당신도 거기서 빨래를 하지 않을래요?

UNDRO

GREENPOINT LAUNDROMAT
—m4w - 27

I AM A NICE, QUIET GUY and I AM ABOUT TO HAVE
A MISSED CONNECTION WITH SOMEONE AT MY LOCAL
LAUNDROMAT WHEN I GO IN HALF AN HOUR TO DO MY
LAUNDRY. I'LL PROBABLY BE SITTING IN A CORNER
READING, BECAUSE I DON'T LIKE TO LEAVE MY LAUNDRY
ALONE. MAYBE YOU'RE THERE DOING YOUR LAUNDRY TOO?

당신 머릿속을 들여다볼 수 있다면

-M4W

당신은 흰색 단추가 달린 초록 원피스를 입고 있었어요. 오늘 아침 6번 열차에서 당신과 나는 적어도 세 번은 눈이 마주쳤어요. 갑자기 당신이 뭔가 은밀한 농담이라도 들은 것처럼 살포시 미소를 짓더니 눈을 내리깔더군요. 그런 후 당신은 다시는 눈을 들지 않았고 난 블리커 역에서 내려야만 했어요. 당신의 아름다운 머릿속을 들여다볼 수 있었다면 참 좋았을 텐데.

I WISH I COULD SEE
INSIDE YOUR HEAD -m4w

왔다가 또 가는 자전거(그것이 인생사)

이게 당신의 도둑맞은 자전거죠? 어떡해요, 이렇게 예쁜 자전거를. 어떤 남자가 내게 40달러에 사겠냐고 했을 때 난 조금도 주저하지 않았어요. 그때 난 취해 있었고, 내 자전거가 보고 싶었고, 내가 안 사더라도 결국 다른 사람이 살 거라고 생각했거든요. 나도 일주일 전에 자전거를 도둑맞았답니다. 혹시 알아요? 당신이 길을 가다 한 남자에게 40달러를 주고 산 게 내 자전거일지? 그러니 언제고 자전거를 타고 가는 날 발견하면 괜찮으니까 말 걸어줘요. 그리고 우리 서로의 자전거를 교환해요. 아니면 내게 40달러에 사던가. 옛날 자전거를 찾을 수 있다면 난 기꺼이 40달러를 낼 거예요. 지금 당신 자전거보다 훨씬 더 편했거든요.

THE COMING AND GOING of BICYCLES (that's life)

목의 문신

(L열차)

어이, 1번가에서 승차한 남자분.

위도 아래도 검은색 옷차림에 목 앞쪽에 문신한 당신.

살아있어줘서 고마워요.

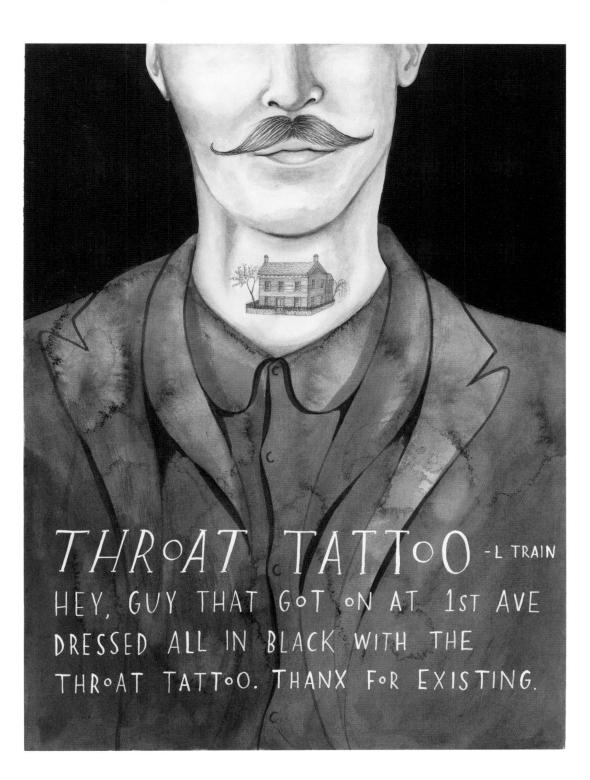

THROAT TATTOO -L TRAIN
HEY, GUY THAT GOT ON AT 1st AVE
DRESSED ALL IN BLACK WITH THE
THROAT TATTOO. THANX FOR EXISTING.

도서관에서 어슬렁

-W4M

토요일 브루클린 공립도서관에서 당신과 나는 그래픽노블을 훑어보고 있었어요. 커다란 모피 모자를 쓴 당신은 미소가 근사했어요. 내 어깨를 톡톡 두드리곤 내가 예쁘다고 말했죠. 고마워요. 거기서 맨 나중에 본 그래픽노블이 뭐였나요?

IN THE LIBRARY, BROWSING —w4m

WE WERE IN THE BROOKLYN PUBLIC LIBRARY ON SATURDAY,
BROWSING GRAPHIC NOVELS — YOU HAD ON A BIG FURRY
HAT AND NICE SMILE. YOU TAPPED ME ON THE SHOULDER
AND TOLD ME I'M PRETTY. THAT WAS NICE. WHICH BOOK DID YOU
END UP BORROWING?

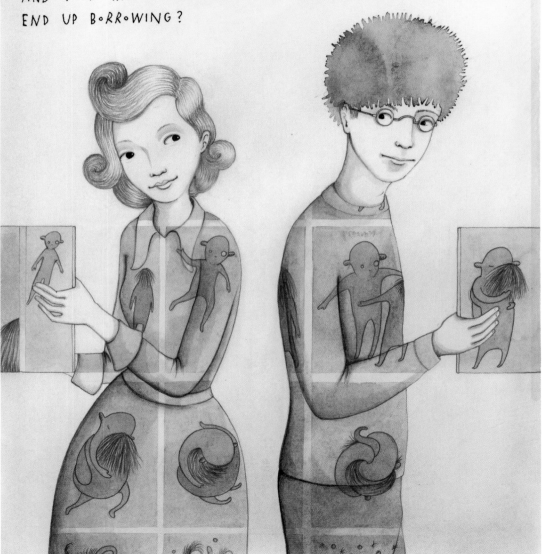

어떻게
날 '놓쳐서 찾는' 사람이
하나도 없는 거지?

-M4M

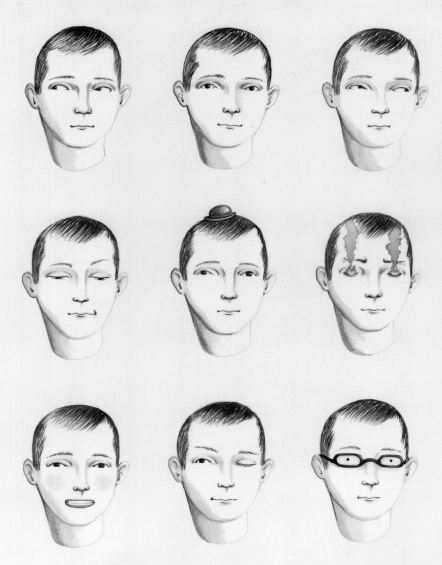

How come no-one ever "misses" me?

짐을 들어주겠다고 한 당신

-W4M -23

주황빛 도는 분홍 슈트케이스를 들어주겠다고 말해준 당신에게 고맙다는 말을 하고
싶어요. 그날 하루 모든 게 끔찍하기만 했던 내게 당신의 그 말이 얼마나 큰 힘이 되
어주었는지 아무도 모를 거예요.

– 초록 셔츠를 입은 아시아 혼혈 여자가

HELP WITH LUGGAGE - w4m

I just wanted to say thank you for offering to help carry my little orangey-pink suitcase. It really meant a lot because I was having a really terrible day. — HALF ASIAN GIRL in the green shirt

분재 소녀

-M4W

토요일 식물원에서 당신을 봤어요. 분재들 사이로 당신이 보이길래 큰 소리로 "저기요!"라고 부르고 싶었어요. 하지만 거긴 도서관 뺨치게 조용했다고요.

검정색 원피스, D열차

-M4W -25

집으로 가는 내내 얼마나 자책했는지
왜 당신에게 말을 건네지 않은 건지
당신이 이 메시지를 보면 좋겠네요
당신에게 데이트를 신청하려고요
D. H. 로렌스를 읽고 있던 사람이에요

BLACK DRESS, D TRAIN
-m4w 25

i kicked myself all the way home
for not saying hello
maybe you'll see this
and let me take you out
i was reading d h lawrence

아침 강의실의
털북숭이 팔

-M4M -27

당신은 강의실에 들어온 순간부터 눈에 띄었어요.

흰색 줄무늬 셔츠, 넥타이, 그리고 털북숭이 팔.

우린 자리에 앉아 끝까지 강의를 들었고 끝난 후 잠깐 대화를 나눴어요.

FURRY ARMS IN MORNING LECTURE

-m4m 27

톰킨스 스퀘어파크의
초록색 훌라후프

-W4M -27 (이스트빌리지)

어제 밝은 초록색 훌라후프를 허리에 걸고 있는 당신을 봤어요. 어쩜 그렇게 귀여운

지. 당신의 댓글을 기대하며.

Sunday, March 15
— w4m   27 (East Village)

GREEN HULA HOOP in TOMPKINS SQUARE PARK

YESTERDAY YOU HAD A BRIGHT GREEN HULA
HOOP AROUND YOUR WAIST AND YOU WERE
VERY CUTE. HOPE YOU REPLY.

문신 소녀

-M4W (댄버리 주유소)

084

문서업무 때문에 비를 피해 안으로 들어온 당신에게서 난 두어 개의 문신만 간신히
봤네요… 가위 문신을 봤는데 다른 것들도 정말 보고 싶어요. 수요일이 왔다 가버
렸네요.
여전히 이렇게 기다리고 있는데.

TATTOOED GIRL — m4w

DANBURY GAS STATION

SO YOU CAME IN OUT OF THE RAIN TO DO YOUR PAPER-WORK AND COULD ONLY SHOW ME A FEW TATS. I SAW THE SCISSORS AND WOULD LOVE TO SEE THE REST. WEDNESDAY CAME AND WENT. I AM STILL WAITING.

벽이 무너져라 크게 음악을 트는
이웃을 상상하며

-W4M

가끔, 당신이 야심한 시각에 음악을 틀 때…
아니면 꼭두새벽에 집에 와서 음악을 틀 때, 난 우리 사이의 벽을 두드리기도 하고,
다음 날 당신 험담을 해요. 정작 그러는 내내 당신은 얼마나 멋진 사람일까, 그런 당
신과 사랑을 나눈다면 얼마나 좋을까 생각한답니다.

MY DREAMY
PLAYS OBSCENELY

NEIGHBOR WHO
LOUD MUSIC -w4m

Sometimes when you have played music late into the night... or come home in the wee hours and turn it on, I knock on our shared wall or scold you the next day, but all along I am thinking how dreamy you are and how I just want to make love to you.

당신에게 내 우산을 준 것까진 좋았는데
길을 잘못 알려줬어요

-M4W

어젯밤엔 바람이 많이 불고 퍼붓다시피 비가 왔어요. 이스트빌리지에서 당신은 길을 찾던 중이었고 비에 젖어 추워 보였어요. 그래서 내 우산을 당신에게 건네줬는데 이를 어쩌죠, 내가 엉뚱한 길을 알려준 걸 이제야 알아차렸으니 말이에요. 그래서 지금 기분이 정말 착잡해요. 당신과 당신 친구들이 별 고생 없이 목적지까지 갔기를 바랄 뿐입니다.

오늘 그 파티의
페이스 페인터가 나예요

-W4M

오늘 당신이 갔던 파티의 페이스 페인터가 나예요.

제이크라고 했나요?
제이슨이었나?
존?
다른 이름이었던 것 같은데.

당신 잘 생겼더군요.

좀 더 머물면서 당신과 이야기하고 싶었지만 동료와 가야 할 파티가 또 있어서 어쩔
수 없었어요.

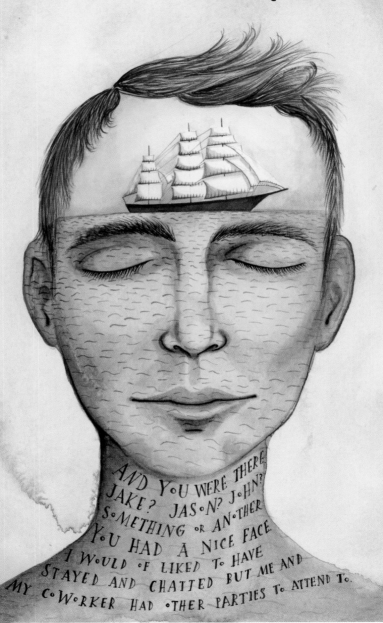

황금색 백조 자전거를 탄 소녀

-M4W -28 (덤보)

오후 네 시였나, 눈부시게 멋진 황금색 자전거를 타고 제이스트리트 쪽으로 가는 당신을 봤어요. 나 아무래도 사랑에 빠진 거 같아요.

GIRL WITH THE GOLDEN SWAN BIKE
m4w 28 DUMBO

SAW Y•U SAILING UP JAY STREET
AR•UND 4PM •N THE M•ST GL•RI•US
G•LDEN BIKE. I THINK I'M IN L•VE.

내 찻집에 온 당신

-M4M -20

당신은 세계 최고의 속눈썹을 가진 잘생긴 악마였어요.
난 왜 당신에게 데이트 신청을 하지 않은 건지. 허 참!

YOU CAME TO MY TEA SHOP
-m4m 20

You had the BEST eyelashes, and were a handsome devil. Wish I would have asked you out. Ha!

코니아일랜드의 고래

-M4M -69 (브루클린/ 플로리다)

어린 친구를 통해 얼마 전 '놓친 인연'에 관해 알게 되었습니다. 이번이 마지막이란 생각으로 인터넷에서 당신을 찾아보자고 결심했습니다.

오래전, 우린 친구였고 둘 다 뉴욕시에서 교사로 일했습니다.
우린 연인이 될 수도 있었을 거예요. 하지만 아니었죠. 우리는 자주 코니아일랜드에 놀러 갔습니다. 봄이 되면 정말 자주 갔고, 서로의 손을 잡고 해변 산책로를 따라 어슬렁어슬렁 걷곤 했네요. 손에 땀이 밸 즈음, 서늘하고 어두운 수족관으로 피신했어요. 그 수족관에서 그와 난 고래를 제일 좋아했어요. 어느 해 봄, 출산이 임박한 고래 한 마리가 겨우내 지내던 집(플로리다였나? 잘 기억나지 않네요.)에서 코니아일랜드 수족관으로 오게 됐어요. 수족관을 찾은 모두가 흥분을 감추지 못했어요. 뉴욕시에서 아기 벨루가가 태어난다니! 당신은 벨루가가 태어나는 걸 반드시 봐야 한다고 말했어요. 그래서 우린 주중엔 수업이 끝난 후에, 주말도 빼놓지 않고 매일 D열차를 타고 할렘에서 코니아일랜드까지, 그 먼 길을 갔었어요.

그날은 토요일이었고, 여느 때와 다름없이 수족관을 찾았을 때 유리 탱크에 붙어 있는 안내문이 눈에 들어왔어요. 아기 벨루가는 사산되었고, 어미 고래는 회복 중이며, 곧 나을 거라는 내용이었어요. 우린 망연자실한 가운데 탱크 속에 혼자 있는 어미 고래만 하염없이 처다보았어요. 어미는 물속을 천천히 맴돌고 있었어요.

그도 나도 한마디 못 하고 있는데 갑자기, 예고도 없이 어미고래가 탱크 벽에 제 몸을 부딪기 시작했어요. 조련사들이 달려와 어미를 탱크 밖으로 끌어냈고, 우린 수족관을 나와 바깥 벤치에 앉았어요. 어느새 내 두 뺨엔 눈물이 줄줄 흐르고 있었죠. 그때 당신이 내 얼굴을 당신 쪽으로 돌리더니 입을 맞추었어요. 우리의 첫 키스였어요. 그러나 당신의 입술이 내 입술에 닿기 무섭게 난 자리에서 일어나 바다 쪽으로 걸어가버렸어요.

모든 게 한꺼번에 밀려와 감당할 수가 없었어요. 고래, 죽음, 키스. 난 무방비 상태였어요.

날 용서해요. 당신이 떠난 후 그 빈자리가 얼마나 클지 난 상상도 못 했던 것 같아요. 뒤늦게 깨달았지만 코니아일랜드의 그 키스가 내 인생의 첫 키스이자 마지막 키스였어요.

사랑하는 내 친구, 아직 살아있나요?

그렇다면, 제발 답해줘요. 내 마음속엔 아직 당신이 있어요. 지금껏 당신을 잊은 적이 거의 없어요.

세련된 말씨에 피부가 짙은 여자분

-M4W

당신이 해산물 사러 일주일에 한 번은 오는 식료품점에서 일하고 있어요. 당신이 이 메시지를 볼 것 같진 않지만, 혹여 본다면 꼭 댓글 달아주세요. 올 때마다 찾는 해산물 이름을 말해주면 당신인 줄 알아볼 거예요.

DARK SKINNED WELL SPOKEN LADY m4w

I HELP YOU ALMOST ONCE A WEEK AT THE GROCERY STORE WITH YOUR SEAFOOD PURCHASES. I DOUBT YOU'LL SEE THIS, BUT IF YOU DO, PLEASE RESPOND BACK. I'LL KNOW IT'S YOU WHEN YOU TELL ME THE SPECIFIC SEAFOOD YOU ASK FOR EACH WEEK.

옥상에서 본 스크래블 타투*

-M4W (그린포인트)

나 혼자 밤새도록 'n에 뭔 사연이 있는 거지?' 머리만 굴리느라 정작 직접 물어보기도 전에 당신은 가버렸네요. 당신 주려고 케이크 한 조각도 따로 빼뒀는데. 늘 그렇게 아시아 여자애 무리와 함께 앉나요? 게다가 그렇게 계단 꼭대기에 앉는 건, 사람들이 옥상에 올라가는 족족 당신에게 반할 걸 알아서인가요?

• 스크래블은 알파벳을 새긴 정사각형 타일로, 문신의 한 스타일이다.

Monday, August 17 - m4w (greenpoint)
SCRABBLE TATTOO on ROOF
N
asked myself why the letter 'n' all night long then you were gone before i got a chance to ask. also, i saved you a piece of cake. do you always sit in a circle of asian girls? and sit at the top of the stairs so everyone gets a crush on you when they get to the roof?

C열차의 기막힌 콧수염

-W4M -28 (첼시)

당신: 훤칠함, 갈색 머리, 믿기지 않을 정도로 풍성한 콧수염. 파랑과 초록의 체크무늬 셔츠.

나: 훤칠함. 금발. 위아래 다 검은색 옷. 버버리 레인부츠.

화요일 아침 열 시 오십 분경, 14번가에서 업타운 C열차를 탔습니다. 당신은 23번가에서 내렸어요. 날 뚫어져라 쳐다봤죠. 어찌할 바를 모르겠더군요. 당신이 진짜 진짜 진짜 어이가 없을 정도로 잘생겼기 때문이에요.

혹시 옛날 옷을 입은 까만 머리의
백인 여자를 아시나요?

-M4W (드록스넥, 에지워터)

그녀를 본 건 드록스넥 앤 에지워터 부근이었어요.

삼십 대로 짐작되고 옛날 옷을 입고 있던데요.

뭔 사정이 있는 걸까요? 미혼일까요?

수영장에서 본 턱수염 털북숭이

-M4M -29 (아스토리아)

그 사람도 나도 다섯 시에서 여섯 시 사이에 아스토리아 수영장에서 수영을 했어요.
나중에 공원에서 그 사람도 나와 같은 방향으로 가고 있더라고요. 하지만 가는 동안
서로 한마디도 안 했죠. "안녕하세요"라고 말 걸고 싶긴 했는데… 그래서 여기에서
찾아봐야겠다고 생각했죠. 해서 손해 볼 건 없으니까요.

M열차에서 실크스크린을 들고 있던
여성분 보세요

-M4W (릿지우드)

나 당신 쫓아가던 거 아니에요.
나도 그 동네에 살아요.

Wednesday, March 11
- m4w (Ridgewood)
Dear girl with silk screen on the M-
I WASN'T FOLLOWING YOU;
I LIVE DOWN THAT BLOCK.

빨강 드레스를 입은 올빼미 숙녀

-M4W -25

오늘 우리 둘 다 올빼미 조각상을 샀어요. 당신은 기품 있는 생김새에 빨강 드레스를 입은 숙녀. 나는 콧수염을 기른 신사입니다. 한번 뵙고 야생동물을 테마로 한 실내장식의 앞날을 논했으면 합니다.

서니사이드행 7번 열차에서 만난 뜨개질 소녀

-M4W -28

당신 덕에 뜨개질이라는 멋진 세계에 입문하게 됐을 뿐만 아니라, 고작 몇 분 이야기한 것만으로 당신에게 빠져버리고 말았네요. 당신은 남자친구가 있다고 했지만, 난 그가 불치병에 걸려 언젠가는 내가 당신을 위해 뜨개질을 할 기회가 생기기를 바랄 뿐이에요. 당신은 새벽 두 시 지하철에서 내가 만난 가장 온정 넘치는 사람의 하나예요. 그리고 내가 왜 이 도시를 사랑하는지 다시금 일깨워준 사람이기도 해요.

KNITTING GIRL ON 7 TRAIN To
Sunnyside —m4w 28

NOT ONLY DID YOU INTRODUCE ME TO THE WONDERFUL WORLD OF KNITTING, I QUICKLY FOUND MYSELF SMITTEN WITH YOU AFTER CHATTING FOR A FEW MINUTES. DESPITE YOU MENTIONING YOU HAD A BOYFRIEND, I CAN ONLY HOPE HE IS TERMINALLY ILL SO THAT I'LL GET A SHOT AT KNITTING SOMETHING FOR YOU ONE DAY.

YOU WERE ONE OF THE WARMEST PEOPLE I'VE MET ON THE SUBWAY AT 2AM, AND A REMINDER WHY I LOVE THIS CITY.

가전제품점에서 쇼핑하다가

-M4M -40

토요일에 가전제품점에서 당신과 나는 끊임없이 마주쳤어요. 당신에게서 눈을 뗄
수가 없더군요. 이 메시지를 읽는 사람이 당신이 맞다면 내가 그때 들고 있던 물건
이 뭔지 말해줘요.

APPLIANCE SHOPPING m4m-40

YOU WERE appliance shopping on Saturday. We kept running into each other in the store. I couldn't take my eyes off you. If this is you, tell me what I was carrying.

어젯밤 춤추다
날 두 번 깨문 소녀를 찾습니다

-M4W -27

그러니까, 음… 어젯밤 나와 춤을 추면서 날 두 번 깨문 소녀예요.
이름을 잊어버렸네요.

Saturday, 6th June   — m4w - 27

SEEKING GIRL WHO BIT ME TWICE LAST NIGHT
WHILE WE WERE DANCING

So yea ... um, looking for the girl
who I was dancing with last night,
she bit me twice. I forget her name.

당신의 코트 깃을 세워주고서

-M4W

당신이 추울까봐 코트 깃을 세워줬어요…
E. 휴스턴 앤 보워리의 모퉁이에서요…
그리고 당신 눈을 바라보았죠…
키스하고 싶어 미칠 것 같았거든요…
하지만 난 다른 남자의 여자를 뺏는 사람은 아니에요…

그래도…
키스하고 싶어 미치는 줄 알았어요…

필기체*로 바칩니다,
당신이 길을 나서던 순간을

-M4W (당신이 길을 나서던 순간)

그 순간에 필기체로 바칩니다.
당신이 길을 나서다 내 발을 밟았을 때,
당신에게 말을 걸어볼걸 그랬어요.

- 사전적 의미로 '필기체cursive'는 상황에 따라 '허세적인' '불필요한'의 뉘앙스를 풍기며, 요즘엔 '손
  글씨로 쓴' '공들여 쓴'의 의미로도 쓰이고 있다.

Tuesday, March 10
— m4w (exiting to the street)

Cursive, on leaving,
    Stepped on my foot
Wish i could have Stricken up
            a Conversation

전철에서 잠든 소녀

-M4W -19

전철에서 잠들어 있던 매혹적인 갈색 머리 아가씨. 전 당신 바로 옆에 앉았던 남자입니다. 다름 아니고 비몽사몽 간에 당신의 어깨에 자꾸만 기댔던 것을 사과하고 싶습니다. 우리 둘 다 플랫부시에서 내렸어요. 내가 말하는 장본인은 내게 연락해주세요.

센트럴파크 아이스링크에서 부딪친 우리

-M4W -32

오늘 월먼 링크에서 털모자에 귀덮개를 한 당신이 내게 와서 부딪쳤어요.
엄청난 충격파를 가진 사랑스러운 스케이터 아가씨.

ICE SKATING IN CENTRAL PARK
WE COLLIDED   m4w - 32

YOU HAD ON a FURRY HAT WITH EAR FLAPS
AND YOU CRASHED INTO ME @ WOLLMAN RINK TODAY.
YOU ARE a TERRIBLE BUT ADORABLE SKATER.

키다리 나무

-W4M (프로스펙트 파크)

바지 멋지던데요. 바지 위의 당신도 보고 싶어요…
딴 얘기인데, 당신의 개가 내게 윙크를 하더라고요.

당신이 작년 겨울에
여기 코트를 두고 갔어요

-W4W

···라기보다는, 내게 입고 가라고 했죠.

호주머니 한쪽엔 펀딥*, 다른 쪽엔 뉴욕도서관 회원카드가 있던데요.

덕분에 도서관 벌금이 첩첩산중인 나는 달콤하고 따뜻한 겨울 산행을 즐길 수 있을

것 같아요.

* 캔디 브랜드

YOU LEFT YOUR COAT HERE LAST WINTER –w4w

... or rather, you let me wear it home.
I found fun dip in one pocket and your
NYPL card in the other.
It's going to keep me deliciously warm
this winter as I rack up mountains
of overdue fines.

당신을 찾아내다니 믿어지지 않아

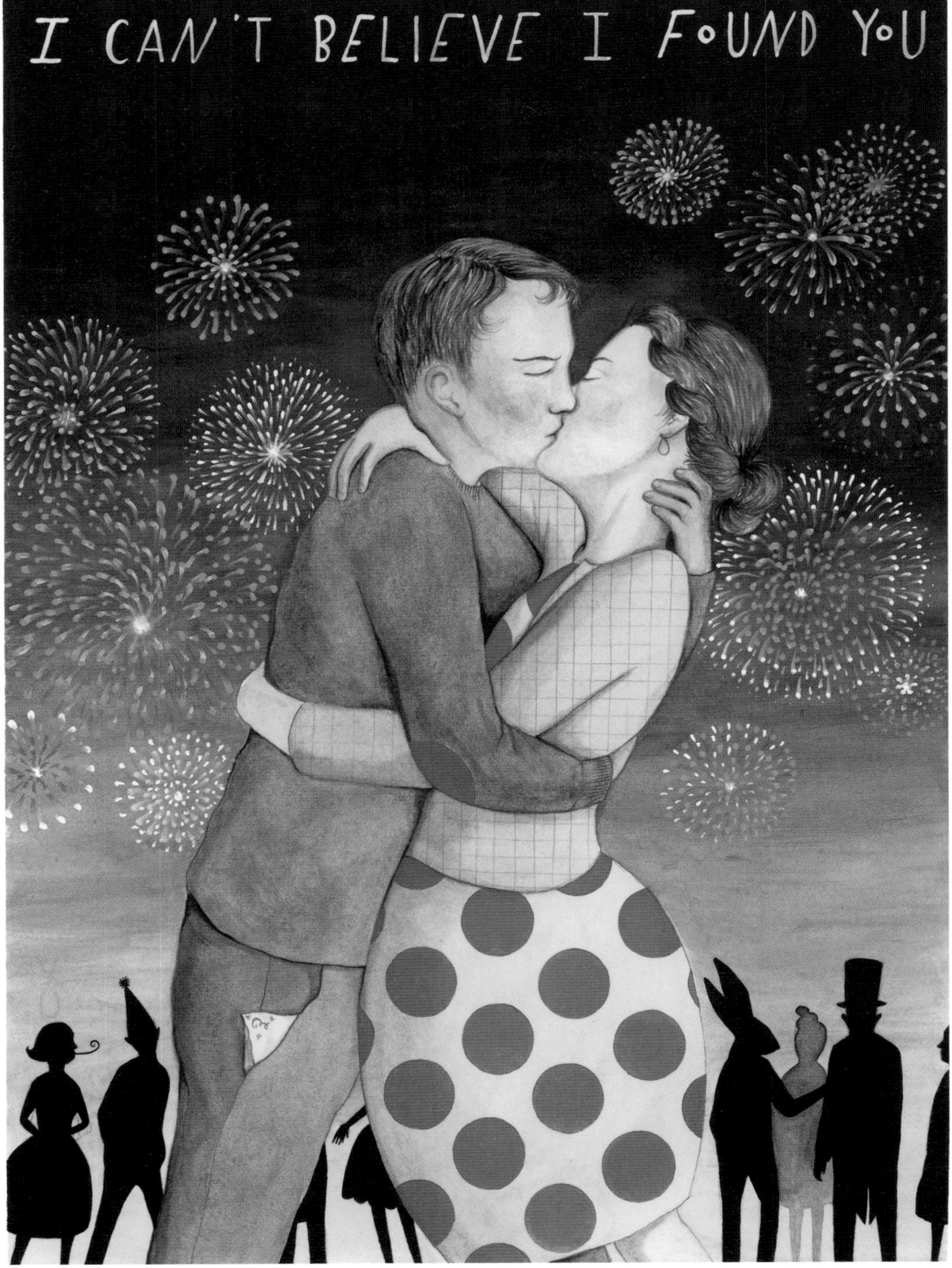
I CAN'T BELIEVE I FOUND YOU

감사의 말

가장 먼저, '놓친 인연'에 글을 올리는 수천에 달할 익명의 여러분에게 감사드립니다.

그 자리에서 상대에게 다가갈 용기가 없어서 뒤늦게 '놓친 인연'에 메시지를 올려주신 여러분 덕에 나는 잠시나마 여러 삶을 들여다볼 수 있었습니다.

그리고 내게 이메일을 보내주시고, 내 블로그에 댓글로 응원해주신 수백에 달할 익명의 여러분에게도 한없는 감사의 마음을 전합니다. 여러분 각자의 소중한 사연을 들려주시고, 내가 한눈팔지 않고 그림을 그릴 수 있도록 실제로 감독관 역할까지 해주신 점, 잊지 않겠습니다.

이 책의 출판에 기꺼이 앞장서주신 워크먼 출판사 여러분에게 진심으로 감사드립니다. 이 책의 최고의 독자로 아낌없는 지지를 표해주신 수진 볼로틴, 낸시 골트에게 이 자리를 빌어 특히 감사드리고 싶습니다.

그리고 나의 가족과 친구들에게 감사드립니다. 친구랍시고 안부 한번 제대로 묻지 못할 때도 많은 나 같은 사람을 늘 너그럽게 품어주고 차를 타다 주는 올리브, 에기, 닉 고들리에게 각별한 감사의 말을 전합니다.

마지막으로 진지하고 변함없는 마음으로 날 격려해주고 지원해주었으며 빨간펜으로 꼼꼼히 원고를 손봐준 에드 슈미트에게 마음 깊이 감사드립니다.

◆ 본 책의 일러스트는 먹, 수채화, 아르슈 광택지를 사용했음을 밝힙니다.

옮긴이 최세희

국민대학교 영문학과를 졸업했다. 옮긴 책으로 『렛미인』『예감은 틀리지 않는다』『사랑은 그렇게 끝나지 않는다』『깡패단의 방문』『우리가 볼 수 없는 모든 빛』『에마』『아트 오브 피너츠』『독립수업』 등이 있으며, 네이버 오디오클립 〈승열과 케일린의 영어로 읽는 문학〉의 구성작가로 일하고 있다.

그때 말할걸 그랬어

1판 1쇄 인쇄 2017년 10월 25일
1판 2쇄 발행 2017년 12월 4일

지은이 소피 블래콜 **옮긴이** 최세희
펴낸이 김영곤
펴낸곳 아르테

문학사업본부 본부장 원미선
책임편집 이승희 김지영
문학마케팅팀 정유선 임동렬 김별 김주희
문학영업팀 권장규 오서영
홍보팀장 이혜연 **제작팀장** 이영민

출판등록 2000년 5월 6일 제406-2003-061호
주소 (우 10881) 경기도 파주시 회동길 201(문발동)
대표전화 031-955-2100 **팩스** 031-955-2151

ISBN 978-89-509-7245-5 03840
아르테는 (주)북이십일의 문학 브랜드입니다.

(주)북이십일 경계를 허무는 콘텐츠 리더
아르테 채널에서 도서 정보와 다양한 영상자료, 이벤트를 만나세요!
네이버 오디오클립/팟캐스트 [클래식클라우드]김태훈의 책보다 여행
페이스북 facebook.com/21arte   블로그 arte.kro.kr
인스타그램 instagram.com/21_arte   홈페이지 arte.book21.com